El bebé pirata

Texto: **Mary Hoffman**

Ilustraciones: **Ros Asquith**

 **Picarona**

El barco pirata, *Destartalado*, navegaba perezosamente entre islas cuando el grumete vio que un extraño objeto estaba flotando en el agua.

—**¡Algo a la vista!** —gritó el grumete, que se llamaba Ben, mirando a través de su catalejo.

Objeto extraño

El primer oficial, Percebe Barney, dirigió el *Destartalado* hacia el objeto.

—Es un…, es un… ¡Por las barbas del pirata! —dijo el capitán Alegre Roger—. **¡Es un bebé!**

Estaba en lo cierto, y pronto todos los piratas pudieron oírlo.

¿Qué es un bebé? ¿Puede volar?

El bebé estaba llorando a gritos sobre una pequeña balsa no más grande que la tapa de un barril hecha de ramas pequeñas, y estaba a punto de caerse de ella.

El *Destartalado* lo alcanzó justo
a tiempo y el contramaestre,
Bart Rojo, bajó
rápidamente
y agarró al bebé,
que tenía
la cara roja
de tanto gritar.

—Pobrecito —dijo el cocinero del barco, «Cucharas» McGill—. Tiene hambre.

—¿Qué le podemos dar? —preguntó el capitán Alegre Roger—.
No tenemos ninguna vaca.

—Espera —dijo Cucharas, y se fue abajo.
Regresó con una lata de leche condensada.
Hizo dos agujeros en la tapa, vertió
un poco de leche en una taza
y después añadió agua
fresca de un barril.

Pero el bebé no sabía cómo
beber de una taza. Siguió
llorando a **gritos**.

—¡Medidas de emergencia!
—dijo el capitán Alegre Roger—.
Id a buscar al médico.

El médico del barco, Tibias, subió con
una jeringuilla y la llenó de leche.
Echó un chorro dentro de la boca
del bebé hasta que dejó de llorar
y se quedó dormido
en los brazos del capitán.

—¿Cómo vamos a solucionar el otro problemilla?
—preguntó Percebe Barney.

—Déjamelo a mí —dijo Tibias sujetando una bandera
y unas tijeras.

El pañal del bebé **apestaba**
tanto que lo tiraron por la borda,
pero conservaron el alfiler.

¡Qué sorpresa!
¡Era una **niña**!

—Tener una mujer a bordo
trae mala suerte —dijo Barney.

—Apenas es una mujer —dijo
Tibias—. No soy pediatra, pero diría
que tiene unos cuatro meses.

—Y en cuanto a la mala suerte
—dijo el capitán—, ¡fue muy
afortunada de que apareciéramos
en el momento oportuno! Habría
acabado en el fondo del mar.

Los habitantes de la siguiente isla
a la que llegaron estaban tan asustados
de ver un barco pirata que les regalaron
una cabra para que tuvieran leche
para el bebé.

¡Socorro! ¡Piratas!

—Deberíamos haber pedido oro y joyas —refunfuñó Bart Rojo mientras se alejaban.

—El bebé no puede comer eso —dijo Cucharas.

El bebé se encariñó mucho con la cabra y aprendió a decir «*Nananana*» cuando tenía hambre. Así que a la cabra la llamaron Nana y al bebé Isla, porque la encontraron cerca de una.

En el barco había un gato llamado Botín y un ruidoso loro llamado McGraznido. Isla los adoraba.

Y quería a todos los piratas que la cuidaban, pero a quien más quería era a Alegre Roger, el capitán.

El cocinero Cucharas sacó su máquina de coser y le hizo un montón de pañales que lavaban por turnos en un cubo.

Le hizo ropa con camisas de pirata viejas.

Y Bart Rojo,
el contramaestre,
le hizo un pulpo
de juguete con un par
de guantes viejos.

Era su **favorito**,
después de la cabra
y del capitán.

Pasaron los meses e Isla aprendió a gatear por la cubierta.

Barney, que había olvidado que las mujeres a bordo traían mala suerte, fabricó una barrera con redes de pesca viejas para que no se cayera por la borda.

¡No ese tipo de red!

—No estamos haciendo muchas cosas de piratas —dijo Bart Rojo un día.

—No sería un buen ejemplo para la pequeña Isla —dijo el capitán.

—¡Bah! —dijo Barney—, nos estamos ablandando.

—Muy bien. **Abordaremos** y **saquearemos** el próximo barco que veamos —dijo el capitán.

—¿Creéis que deberíamos pedirles que se queden con Isla? —preguntó Tibias intentando coger al bebé.

—¡Por supuesto que no! —dijo el capitán—. ¡Alto, Barney, y a toda marcha!

Pronto perdieron de vista a las mujeres piratas y la tripulación del *Destartalado* se relajó.

Entonces...

CARAS

¡ZAS!

Apareció un
monstruo marino
del fondo del mar.

Se elevó por encima del barco.

—¡Pulpo! —murmuró Isla con admiración mientras todos los piratas trataban de esconderse.

—¡El *Destartalado* está en las últimas! —suspiró Bart Rojo—. Nos hundirá seguro. Que alguien rescate al bebé.

Pero el monstruo miró al bebé y extendió un largo tentáculo lleno de ventosas.

—¡Oh, ni hablar! —dijo Alegre Roger—.
No te vas a llevar a nuestro bebé.
—Y desenvainó su sable.

Pero la pequeña Isla tendió su pulpo
de juguete al monstruo.

Y el monstruo lo cogió y se lo llevó
al fondo del mar para quedárselo;
sólo quería algo con lo que jugar.

—Isla ha salvado al *Destartalado*
del monstruo —celebró la tripulación—.
¡Es una auténtica bebé pirata!

¡Y así fue!

Isla vivió felizmente con los piratas hasta que creció
y llegó a ser una famosa pirata.
Pero ésa es otra historia.

Para mis nietos, Rocket e Indigo, los bebés del barco — MH
Para mi fantástico sobrino Theo — RA

Puedes consultar nuestro catálogo en www.picarona.net

El bebé pirata
Texto: *Mary Hoffman*
Ilustraciones: *Ros Asquith*

1.ª edición: febrero de 2018

Título original: *Pirate Baby*

Traducción: *Raquel Mosquera*
Maquetación: *Isabel Estrada*
Corrección: *Sara Moreno*

© 2017, Mary Hoffman & Ros Asquith
Primera edición publicada por Otter-Barry Books, Gran Bretaña
(Reservados todos los derechos)

© 2018, Ediciones Obelisco, S. L.
www.edicionesobelisco.com
(Reservados los derechos para la lengua española)

Edita: Picarona, sello infantil de Ediciones Obelisco, S. L.
Collita, 23-25. Pol. Ind. Molí de la Bastida
08191 Rubí - Barcelona - España
Tel. 93 309 85 25 - Fax 93 309 85 23
E-mail: picarona@picarona.net

ISBN: 978-84-9145-125-9
Depósito Legal: B-24.264-2017

Printed in China